João Ubaldo Ribeiro
Leben und Leidenschaft
von Pandonar dem Grausamen

João Ubaldo Ribeiro

Leben und Leidenschaft von Pandonar dem Grausamen

Eine Liebesgeschichte

Aus dem Portugiesischen
von Ray-Güde Mertin

Carl Hanser Verlag

Die Originalausgabe erschien 1983 unter dem Titel
Vida e paixão de Pandonar, O Cruel
bei Editora Nova Fronteira S. A. in Rio de Janeiro.

2 3 4 5   98 97 96 95 94

ISBN 3-446-17619-5
© Text João Ubaldo Ribeiro 1983
by arrangement with Dr. Ray-Güde Mertin,
Literarische Agentur, Bad Homburg, Germany
Alle Rechte der deutschen Ausgabe:
© Carl Hanser Verlag München Wien 1994
Umschlag: Wolf Erlbruch, Wuppertal
Satz: Fotosatz Reinhard Amann, Aichstetten
Druck und Bindung:
Franz Spiegel Buch GmbH, Ulm
Printed in Germany

Für Emília und Manuela

Inhalt

1.
Von den schönen und traurigen Amouren des Pandonar

Wenn ich unsichtbar wäre, dachte Geraldo, dann würde ich mittags zu ihr fliegen und mit ihr weggehen, wohin sie auch will. Er bekam Gänsehaut, als er darüber nachdachte, was dabei alles geschehen, was sie alles sehen und fühlen könnten. Aber diesmal wurde er wenigstens nicht rot, er spürte nämlich nicht, daß seine Ohren heiß wurden. Na ja, wozu sonst besaß der Mensch Selbstbeherrschung und die Eiserne Kraft des Magnetischen Willens, wie in Vaters Almanach »Das Gedankengut« zu lesen stand. Wenn man sich zwei Stunden täglich vor einen schwarzen Punkt an der Wand stellte und draufschaute, ohne den Blick abzuwenden, konnte man nach drei Monaten die Welt beherrschen, nur durch den Blick und die Gedanken. Die ganze Welt, sogar rote Ohren. Man brauchte nur in den Spiegel zu schauen und sich zu konzentrieren: Ohren – normal! Und die Ohren wurden nicht mehr heiß. Ich muß den schwarzen Punkt wieder üben, dachte Geraldo, nur die Ausdauer macht den wahren Zauberer aus.

Um unsichtbar zu sein, brauchte man zum Beispiel nur einen Ring am Finger zu drehen und zu befehlen: »Ringlein, Ringlein, von Xerxes und Artaxerxes, Ring der Vorfahren aus den Nibelungenbergen, Heiliger Zyprianus von den Dreizehn Zaubereien, Mächte des Guten – zu mir, Pandonar, dem Geist der Lüfte!« Oder jedenfalls so ähnlich, dachte Geraldo und nahm sich vor, zu Hause einen richtig guten kabbalistischen Satz für die Sache mit der Unsichtbarkeit zu erfinden. Jedes Mal, wenn er also an dem Ring drehte – vorausgesetzt, daß er ihn bekäme, versteht sich –, könnte er durch die Lüfte fliegen, durch jeden Türspalt schlüpfen und über alles große Macht ausüben.

Daß man die Zauberworte dabei sprechen mußte, war allerdings etwas umständlich. Pandonar konnte schließlich in die Falle seiner verräterischen Freunde geraten, und geknebelt wäre er unfähig zu sprechen. Aber solche und andere Details sollten jetzt nicht weiter stören, denn die Stunde war gleich zu Ende, auch wenn Cicero immer noch Namen persischer Könige, wie Xerxes und Artaxerxes, ins Klassenzimmer schrie. Geraldo beschloß, Xerxes und Artaxerxes aus seinem magischen Wortschatz zu streichen.

»Und Kyros, König der Perser ...« brüllte Cicero. An seinem Hals schwollen die Adern, sein Gesicht war rot angelaufen, und er hatte die Augen geschlossen: er suchte nach dem richtigen Wort. »Kyros, König der Perser, er, der wußte, welche Furcht und

Verehrung die Ägypter für Hunde und Katzen empfanden, marschierte gegen den Pharao, an der Spitze
eines Heeres von Hunden und Katzen! Und so, überrannt von einer Horde von Tieren und vernichtet
vom militärischen Genius des Kyros, diesem glänzenden Schüler des großen Xenophon, bissen die
Ägypter in den Staub der Niederlage!«

»Herr Lehrer«, fragte Klein-Fernando, der immer
mit hochgezogenen Augenbrauen Fragen stellte und
dabei aussah, als könnte er jeden Augenblick in Weinen ausbrechen: »Waren die Menschen, die früher
Kriege verloren haben, gezwungen, in den Staub zu
beißen? Mußte man das? Wie beißt man in den
Staub?«

Cicero hielt genau in dem Augenblick inne, als er
die ägyptischen Trümmer beschreiben wollte, den
Arm halb ausgestreckt und die Hand zu einer Muschel geformt, mit einem Gesichtsausdruck, als sei
ihm gerade die Erleuchtung für die nächste gelungene Formulierung gekommen. Die Unterbrechung fand er deshalb gar nicht gut. Er hielt auf halbem Wege inne, holte Luft und warf gleichsam seinen
großen Schnurrbart nach hinten, wie man eine Haarsträhne aus der Stirn wirft. Mit einer dramatischen
Bewegung seines Körpers drehte er sich zu Klein-
Fernando um, seine Rockschöße flatterten und seine
Augen glühten vor historischer Beredsamkeit, als er,
noch immer außer Atem, brüllte:

»Herr Fernando Borba! Herr Fernando Borba!«

»Ja«, sagte Klein-Fernando, dem Heulen nahe.

»Ich habe eine Metapher gebraucht«, schmetterte Cicero. »Eine Metapher! In den Staub der Niederlage beißen ist eine Metapher! Weiß jemand, was eine Metapher ist?«

»Eine-rhetorische-Figur-in-der-ein-Wort-oder-Ausdruck-durch-einen-anderen-ersetzt-wird-um-einen-Bezug-zwischen-beiden-herzustellen«, feuerte Klein-Fernando, ein paar Schweißperlen auf der Stirn und sichtbar nach Luft schnappend, zurück.

»Sehr gut. Und was ist eine rhetorische Figur?«

»Das habe ich nicht auswendig gelernt«, antwortete Klein-Fernando nervös. »Ich habe nur Metapher auswendig gelernt ...«

»Gib ein Beispiel für Metapher!« schrie Cicero, bedrohlich auf Klein-Fernandos Augenbrauen zielend.

»Die Ägypter bissen in den Staub der Niederlage«, sagte Klein-Fernando. »Ist doch eine, oder?«

Cicero kreuzte die Arme vor der Brust, hob das Kinn und blickte Klein-Fernando sehr viel länger an, als es sonst seine Art war. Klein-Fernando rutschte auf seinem Stuhl hin und her, schnippte mit den Fingern, plop-plop, an seiner Unterlippe, pustete ein bißchen, versuchte zu lächeln, sah um sich und tat schließlich so, als malte er etwas in sein Heft. Geraldo, der auf der anderen Seite des Raumes saß, richtete einen magnetischen Blick auf Ciceros Bauch, dorthin, wo ein Knopf fehlte und gekräuselte Härchen hervorkamen. Wenn ich meine Kraft auf seinen Bauch richte, kriegt er Bauchweh, vielleicht sogar Durchfall, dachte Geraldo und konzentrierte sich, indem er in Gedanken die Worte aus dem Buch »Die Macht des persönlichen Magnetismus« hersagte: »In meiner Macht, in meiner Macht, du bist in meiner Macht!«

»Herr Geraldo!« brach Cicero plötzlich los und brachte die alten Säulen im Klassenzimmer zum Beben.

»Herr Geraldo Martins da Conceição!«

»Was?« antwortete Geraldo verärgert, weil der magnetische Blick noch keine Zeit gehabt hatte zu wirken.

»Nicht ›was‹, sondern ›wie bitte‹. ›Was‹ ist unhöflich. Ein wohlerzogener Mensch fragt ›wie bitte‹.«

»Wie bitte?« fragte Geraldo.

»Sehr gut«, antwortete Cicero. »Nennen Sie mir bitte ein Beispiel für eine Metapher.«

»Die Perser wedelten den Staub des Siegers«, sagte Geraldo und merkte sofort, daß er das nicht hätte sagen dürfen.

»Raus!« brüllte Cicero. »Zum Direktor! Unverschämtheit! Frechheit!«

So wurde Geraldo zum ersten Mal aus dem Klassenzimmer gewiesen, um dem alten Terencio im Direktorat gegenüberzutreten. Und vielleicht hat in diesem Augenblick alles angefangen. Als er sich nämlich erhob, um hinauszugehen, und versuchte, dem keuchenden, wütenden Blick Ciceros auszuweichen, verhedderte er sich mit seiner Schultasche und den Heften, obwohl er sich große Mühe gab, so zu tun, als fände er das alles ganz selbstverständlich. Und da, mitten in dem großen Schweigen, das nur von Klein-Fernandos Schniefen unterbrochen wurde, der »Metapher – Metapher – Metapher – Metapher« in sein Heft schrieb und sicher seine Seele hergegeben hätte, wenn er nur nichts mit all dem zu tun gehabt hätte, da also schaute Geraldo nach hinten, zu den Mädchen hin, und von ganz oben auf den Stufen, wo die Stühle standen, sah sie zu ihm herunter. Die anderen Mädchen nicht, denn in solchen Augenblicken versuchen alle wegzusehen, aber sie, sie schaute ihn fest an, und in diesem Blick lag etwas Besonderes. Geraldo wechselte sonst nämlich keine Blicke mit den Mädchen; sie waren einfach etwas anderes als die Menschen, mit denen er sonst zusammen war, Mädchen eben – und was sind schon Mädchen? Aber sie: sie war vierzehn, wie er, sie wirkte nur viel älter, wie eine Filmschauspielerin sah sie aus – mein Gott, was war bloß geschehen? O Gott, sie war blond und schön und redete mit den andern, nur nicht mit ihm, denn er konnte sich nicht gut unterhalten und glaubte auch nicht, daß die anderen Jungen und Mädchen sich für das, was er und seine Freunde taten, interessierten, wie zum Beispiel eine Geheimsprache erfinden oder Verständigungscodes, oder wissenschaftliche Forschungen betreiben und Eidechsen mit langen Luftgewehren jagen. O Gott, sie war ein fernes Geheimnis. Sie findet mich sicher hübsch, dachte er, was zum Teufel denkt sie bloß. Aber es war unmöglich, daß nicht alle sahen, was sich abspielte. Maria Helena schaute ihn von dort oben an, während er sich erhob, um das Klassenzimmer zu verlassen, wie Cicero befohlen hatte. Ob wirklich keiner etwas merkte? Geraldo setzte ein Gesicht auf wie die Klassenkameraden, die an Ausschlüsse gewöhnt waren, versuchte sich zu geben wie einer, dem nicht mehr viel auf dieser Welt fremd ist, nahm seine Schultasche und ging zur Tür. Bevor er hinausging, streckte er, er wußte selbst nicht, warum, Cicero die Hand entgegen, der seinerseits ganz verlegen wurde, sie aber dann doch drückte. Wahr ist, daß Geraldo leicht über die Schwelle stolperte, bevor er hinausging, aber er fiel nicht hin und fand sein Gleichgewicht nach vier Stolperschritten wieder. Niemand lachte darüber, nur sie – sie lächelte, ohne die Zähne zu zeigen, ganz vertraulich, und das konnte nur bedeuten, daß es etwas Geheimes zwischen ihnen gab. Geraldo stockte der Atem. Er wollte ihr zulächeln, aber er konnte nicht, und so schaute er sie einfach noch länger an, so lange, wie er noch nie ein Mädchen angeschaut hatte. Er empfand so vieles, was er noch nie gefühlt hatte, alles kam ihm neu vor, angefangen bei den alten Stufen der Treppe, die er jeden Tag hinunterging, wenn die Schule aus war. Alles erschien ihm ganz, ganz anders. Er war nicht mehr derselbe, als er mit den Füßen fest auftrat, den Brustkorb hob, bis er fast benommen war, und, ausgeschlossen vom Unterricht, zum Direktor ging. Vielleicht sollte er oben auf der Treppe noch einmal ein Stück zurückgehen und sich nach ihr umsehen. Ob er eine gute Figur gemacht hatte? Na klar. Und er hielt mitten auf der Treppe kurz an, und plötzlich überkam ihn die Sehnsucht, er fühlte etwas Neues, Unbekanntes und kam sich unendlich verlassen vor; am liebsten würde er jetzt mit dem Direktor von Mann zu Mann sprechen, nicht über Sachen aus der Schule, sondern über das Leben. Obwohl das gar nicht nötig war. Denn jetzt könnte er ja mit ihr sprechen, sie würde alles ganz schnell verstehen, und sie würden Partner, Freunde und Verliebte sein. Sie war im Klassenzimmer geblieben, und er war hinausgeschickt worden. Aber sie waren nicht voneinander getrennt. Denn sie gehörte ihm, und er gehörte ihr, und die ganze Klasse war erleuchtet von dem, was geschehen war. Geraldo wußte immer noch nicht recht, was mit ihm los war, als er an die Tür des Direktionszimmers klopfte, mit Dona Hilda sprach und dann hineinging und seltsam gelassen auf der Bank der Getadelten Platz nahm, wo schon Quincas, ein Sitzenbleiber aus der Vierten, saß.

»Alles in Ordnung, Quincas?« fragte er, als er sich so selbstverständlich setzte, als hätte er in seinem ganzen Leben nichts anderes getan.

»Tadel im Klassenbuch«, antwortete Quincas. »Und du?«

»Weiß ich nicht, ich weiß nicht«, sagte Geraldo, obwohl er es wußte.

Und da, als wäre das Zimmer nicht das Zimmer, als säße er in einer Rakete von Flash Gordon, fast so, als gäbe es nichts Wichtiges mehr auf dieser Welt, seufzte er auf, lehnte sich an die Rücklehne der Bank und sah die ganze Welt in einem neuen Licht. Er war hoffnungslos verliebt.

2.
Von den bahnbrechenden Erfindungen und ruhmreichen Heldentaten des Pandonar

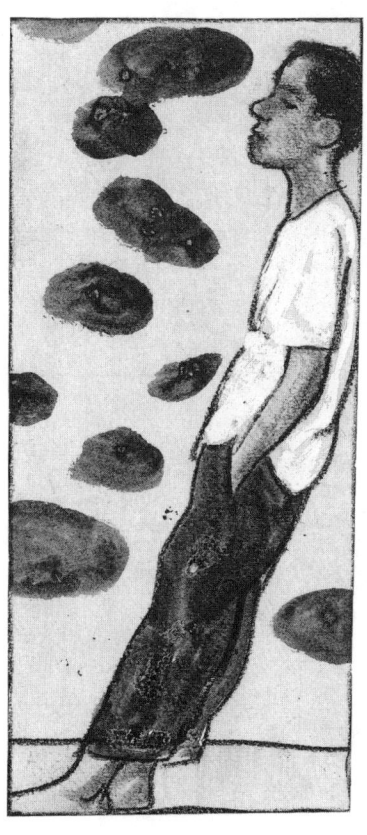

R oquetão«, sagte Geraldo nach langem Zögern, als sie an der Haltestelle vor der Schule auf die Straßenbahn warteten, »bist du heute nachmittag zu Hause?«

»Ja, aber von zwei bis vier lerne ich Radiotechnik und baue meinen Sender zusammen«, sagte Roquetão.

»Und danach?«

»Nach vier habe ich nichts vor.«

»Gut, ich muß nämlich über etwas Wichtiges mit dir reden.«

»Ich will nichts mehr von dieser Sprache wissen, die du erfunden hast, ich finde sie einfach blöd, diese neue Sprache, außerdem änderst du andauernd die Regeln, bis man überhaupt nichts mehr versteht. Scheinet es tu sprechas sic – das versteht ja noch jeder, aber dann machst du es immer komplizierter und willst gleich alles umdrehen und auch noch Deklinationen dranhängen. Dabei weißt du genau, daß ich Latein nicht ausstehen kann!«

»Roquetão, wir haben doch einen Blutsbund geschlossen, wir sind Freunde bis in den Tod.«

»Ja, aber das ist schon fast zwei Jahre her, und wir waren noch Kinder.«

»Das meine ich nicht. Ich wollte sagen, daß ich dein Freund bin und nicht darauf bestehe, daß du Woldegradus lernst, das ich übrigens noch einmal perfektioniert habe.«

»Außerdem finde ich schon den Namen Woldegradus, den du da erfunden hast, bescheuert, hört sich an wie eine russische Stadt. Und nur du sprichst das. Was für einen Sinn hat denn eine Sprache, die nur du sprichst?«

»*Du* sprichst sie nicht, weil du nicht willst.«

»Weil ich einfach nicht will. Genau. Weil ich nicht will.«

»Du bist Wissenschaftler. Also kannst du ...«

»Ich bin kein Wissenschaftler, hör auf, mich so zu nennen. Ich mag das nicht, daß mich alle Wissenschaftler nennen.«

»Sie nennen dich ja auch ›spinnerter Wissenschaftler‹. Nur ich sage ›Wissenschaftler‹.«

»Siehst du, siehst du? Da siehst du's.«

»Mensch, Roquetão, nun reg dich doch nicht auf. Ich will nicht mit dir über Woldegradus reden. Ich ...«

»Hast du dir etwa noch was ausgedacht?«

»Nein, ich denke mir keine Sprachen und Alphabete mehr aus. Ich beschäftige mich nur noch mit

Codes. Ich habe mir Edgar Allan Poe noch mal angesehen, den wir neulich gelesen haben, der mit dem Goldkäfer, und jetzt habe ich einen unentzifferbaren Code.«

»Und ich habe einen Roman geschrieben, zwei Hefte voll, über eine Mumie und einen Skarabäus. Diese Mumie war die Mumie von Tihentanops, und der Käfer hieß Rafael Brunilomakowsky und war ein englischer Skarabäus, der mit einer Expedition des Piraten Marmaduke Godforsaken gekommen war ...«

»Wir könnten doch auch ›Pandonar gegen Tihentanops‹ schreiben und den Skarabäus einfach dazunehmen, der Name Marmaduke stammt sowieso von mir. Als ich ›Pandonar der Grausame marschiert in Irland ein‹ geschrieben habe, in dieses gelbe Heft, das bei dir zu Hause liegt, habe ich die irischen Namen sogar aus einer Enzyklopädie rausgesucht, ich erinnere mich, daß Pandonar diesem Marmaduke am Ende des Buches den Kopf abgehauen hat und ihn den Hunden und Schweinen zum Fraß vorwerfen ließ. Ich erinnere mich genau. Du hast gesagt, du magst kein Schweinefleisch.«

»Weder Schweine noch Pandonar.«

»Aber du hast gesagt, du wolltest Pandonar sein, wenn es mit einer Rüstung wäre, dann würdest du vor der Burg aufmarschieren und alles zerstören.«

»Ich habe gesagt, daß ich eine Rüstung anlegen, aber nicht, daß ich Pandonar sein wollte. Und ich wollte eine andere Rüstung, nicht so eine aus dem Mittelalter. Weißt du, daß da jede Kugel, sogar gepreßte Luft, durchging?«

»Pandonar ist unverwundbar. Meistens.«

»Geraldo, Pandonar war sogar schon Fußballspieler!«

»Nein, ich. Also, der Fußballspieler, das bin ich.«

»Nein, Pandonar! Du hast mir erzählt, daß Pandonar bei Vasco spielt und sich erst alle über ihn lustig machten, bevor er aufs Feld kam. Du hast sogar geschrieben: ›Man begrüßte ihn mit Buhrufen.‹ – Erinnerst du dich? Ja, er wurde ausgebuht, weil er vom Land kam und man nichts über ihn wußte und seine Mutter und sein Vater dachten, nur sein jüngerer Bruder könnte gut Fußball spielen, und Pandonar mußte auf der Reservebank sitzen, und dann sind drei verletzt worden, und da mußte er rein, und alle haben ihn ausgepfiffen. Und dann beim ersten Schuß hat Pandonar neben den Ball getreten, er ist hingefallen, und der Ball ging seitwärts aus dem Feld, und da hat Pandonar geweint und Unsere Heilige Jungfrau angefleht, und dann, als der Ball wieder in seine Nähe kam, da hat er ihn von der Mittellinie aus ins Tor gedroschen, daß er das Netz zerrissen hat. Und danach hat Pandonar noch 23 Tore geschossen, und einmal, da hat er die gegnerischen Spieler einen nach dem andern umdribbelt und dermaßen schwindlig gespielt, daß sie sich nicht mehr auf den Beinen halten konnten. War doch so, nicht? Und am Ende vom

Roman war Vasco nicht mal mehr Vasco, sondern die brasilianische Nationalmannschaft im Spiel gegen Ungarn, und du hast mir erzählt, da hättest du nicht aufgepaßt. Und daß du zehn Meter hoch gesprungen bist und den Ball ins Tor geköpft hast.«

»Pandonar, nicht ich.«

»Du hast doch gesagt, Fußball wäre deine Sache und hätte nichts mit Pandonar zu tun.«

»Doch, doch. Der Roman handelt von Pandonar. Aber ich will nichts mehr davon wissen, ich will nicht mehr schreiben. Ich muß von Mann zu Mann mit dir reden, ich will deine Meinung hören. Kann ich dich um deine Meinung bitten?«

»Ich werde nie vergessen, wie Pandonar zur Sonne flog. Ich hatte dir erklärt, daß es keine Materie gibt, die in der Temperatur der Sonne fest oder flüssig bleibt, daß dort alles Gas ist, aber du, du hast irgendwelche Helme aus Strontionit erfunden und Umhänge aus Rentz-HX3. Ich habe dir das schon so oft gesagt: Es hat keinen Sinn, zuviel zu erfinden bei diesen Geschichten. Du mußt in der Wirklichkeit bleiben. Was ist überhaupt Rentz-HX3?«

»Läßt du mich jetzt reden?«

»Ja, los: Sag mir, was Rentz-HX3 ist. Aber komm mir nicht mit einem Element, das auf einem anderen Planeten erfunden wurde oder so. Ich will genau wissen, was das ist, hier und jetzt.«

»Ich will aber nicht von diesem Rentz sprechen! Und wieso kritisierst du das eigentlich? *Du* wolltest doch zu Hause Nitroglyzerin herstellen und hast es nur nicht gemacht, weil du nicht wußtest, wieviel Schwefelsäure dazu nötig war, und weil du dann den alten Moraes gefragt hast, und der alte Moraes hat gesagt, wenn du alles in deiner Schüssel mischst, dann fliegt das ganze Haus in die Luft.«

»Stimmt ja gar nicht. Ich wußte selber, daß dann alles in die Luft fliegt. Deshalb habe ich es auch nicht gemacht: weil ich es nicht gut fand, wenn alles explodiert.«

»Du Lügner, Mensch, du lügst ja! Ich weiß noch genau, daß du Nitroglyzerin herstellen wolltest, und ich wollte dir helfen, jawohl!«

»Ja, aber Nitroglyzerin ist Nitroglyzerin und nicht Rentz-HX3. Was ist Rentz-HX3 eigentlich?«

»Ich will nicht davon reden, Roquetão! Du spinnst, du denkst immer nur an diesen Kram und redest immer dasselbe ...«

»Ich spinne! Siehst du? Ich spinne! Du sagst dauernd, daß ich spinne! Ich spinne nicht! Aber du! Warum soll ich denn spinnen?«

»Beim Essen versteckst du dich immer vor allen andern.«

»Und du? Du denkst nur an Codes und wie man mit Zitrone schreibt, damit die Tinte unsichtbar ist, und an neue Sprachen, und ständig redest du von Pandonar! Pandonar, Pandonar – wer ist denn dieser Pandonar? Den gibt's gar nicht? Aber ich bin der Spinner, wie?«

»Alle finden, du spinnst.«

»Tu ich aber nicht!«

»Ich meine ja auch nicht wirklich spinnen. Nicht so, in diesem Sinn, anders. Weil du einen nie ausreden läßt, du redest die ganze Zeit von was anderem.«

»Und du, hast du gesagt, daß du mit sechzehn den Nobelpreis bekommst? Hast du das gesagt oder nicht?«

»Nein, hab ich nicht, das war Pandonar. Dachte ich jedenfalls. Er kommt nämlich eines Tages daher und rechnet auf dreißig Wandtafeln eine Gleichung aus und kriegt den Nobelpreis dafür. Und was war mit deinem Inspektor Desquatrevingts? Und diesem Phenalptelaolemin?«

»Phenolptalemin.«

»Na, jedenfalls hast du davon angefangen, es ruft eine schreckliche Hautkrankheit hervor, hast du gesagt. Und dabei war das Zeug frei erfunden.«

»Ja, aber noch innerhalb der Wirklichkeit! Das heißt, es hätte erfunden sein können. Es war nicht wie dieses verrückte Rentz-HX3, was es gar nicht geben kann!«

»Und der Inspektor Desquatrevingts?«

»Immer noch besser als Pandonar. Wenigstens läuft er nicht mit Rentz-HX3 bekleidet rum, gewinnt nicht in sämtlichen Sportarten bei der Olympiade und lebt nicht zu allen Zeiten. Der ist innerhalb der Wirklichkeit. Er lebt in Belgien während des Ersten Weltkriegs.«

»Siehst du, du spinnst. Niemand lebt im Ersten Weltkrieg. Im Ersten Weltkrieg *haben* schon alle gelebt. Wer im Ersten Weltkrieg zu leben hatte, der hat schon im Ersten Weltkrieg gelebt.«

»Ich werde nicht Woldegradus sprechen, ich werde keine Codes erfinden und keinen Füller auseinandernehmen und mit Zitronensaft füllen, nichts von alldem werde ich tun.«

»Aber ich will mit dir reden, kann ich mit dir reden?«

»Ich spinne nicht.«

»Kennst du Maria Helena?«

»Welche Maria Helena? Die aus der Klasse?«

»Mensch, *Maria Helena*! Die mit den blonden, kurzen Haaren, die Volleyball spielt. Oder spielt sie etwa nicht?«

»Na, welche denn? Maria Helena spielt Volleyball, ja – also doch die aus der Klasse?«

»Ja, aus der Klasse, genau die!«

»Kenne ich.«

»Wie, kennst du?«

»Ich kenne sie eben. Aus der Klasse. Gehen wir nicht jeden Tag in dieselbe Klasse?«

»Ja, aber *du* kennst sie? Hast du schon mit ihr gesprochen?«

»Ja, schon zweimal.«

»Aha, du hast mit ihr gesprochen. Ich auch schon.«

»Wann denn?«

»Ach, ich weiß nicht mehr. Ich habe schon mit ihr geredet, na, du weißt schon, wie man so redet, einfach so. Ich glaube, sie will mit mir gehen.«

»Sie will mit dir gehen? Hat sie das gesagt?«

»Na ja, nicht so richtig. Frauen sagen das nicht so geraderaus.«

»Wie willst du dann wissen, daß sie mit dir gehen will?«

»Na ja, so ihre Art. Meinst du, sie will nicht?«

»Sie hat nie was zu mir gesagt. Sie nicht und sonst auch keiner.«

»Na ja, ich weiß es eben. Ich verständige mich ohne Worte, einfach so. Macht sie dir nicht diesen Eindruck?«

»Welchen Eindruck?«

»Na, daß sie mit mir gehen will, Mensch! Natürlich macht sie diesen Eindruck. Auf dich nicht?«

»Nein.«

»Hast du gesehen, wie Cicero mich in Geschichte rausgeschickt hat?«

»Ja, aber sie hat nichts gesagt. Und mich hat Cicero auch schon rausgeschickt, und ich hab nie was gemerkt.«

»Hat ja auch nichts mit dir zu tun, sondern mit mir! Als ich rausging, hat sie mich angeschaut.«

»Das haben alle getan.«

»Nein, ach was, aber nicht so. Sie hat anders geschaut.«

»Na gut, das ist mir nicht aufgefallen.«

»Aber meinst du nicht, daß sie den Eindruck macht, als wollte sie mit mir gehen? So ihre Art, wie sie einen anschaut ...«

»Nein.«

»Das hast du nie gemerkt.«

»Geht sie denn nicht mit Renato?«

»Welcher Renato? Der Volleyball spielt? Ach was. Nein. Welcher Renato denn, der aus dem Sportverein, der Große, der schon viermal sitzengeblieben ist? Renato? Der Renato? Der, der manchmal unrasiert rumläuft?«

»Renato, Renato, es gibt nur einen Renato.«

»Sie geht mit Renato? Nein. Renato geht mit Solange, das weiß doch jeder. Das weiß doch jeder, daß Solange auf Renato wartet, wenn die Schule aus ist, jeder weiß das.«

»Aber er geht mit Maria Helena weg.«

»Ich weiß gar nicht, warum ich eigentlich mit dir rede, Roquetão. Es ist, als wärst du blind, du siehst überhaupt nicht, was in der Schule vor sich geht. Ich frage dich nach Maria Helena, Mensch!«

»Na eben, und alle sagen, sie ist die Freundin von Renato.«

»Das habe ich noch nie gehört.«

»Also gut. Aber alle sagen, sie wäre gern die Freundin von Renato.«

»Ja, das kann sein, weil diese Kerle immer alles mögliche sagen, wovon sie nichts verstehen. Die Sache ist ganz klar. Hast du nicht gemerkt, daß Maria

Helena mit mir gehen will? Nein, sag du, jetzt, hier, unter Freunden, ich sage es nicht weiter, meinst du nicht?«

»Nein.«

»Na ja, ich will auch gar nicht mit dir darüber reden, Roquetão, weil ich das nämlich weiß, so wie sie mich anschaut. Ich brauche einen Rat. Ich wollte mit dir reden, weil du schon mal eine Freundin gehabt hast. Ich brauche da so ein paar Tips.«

»Ich habe noch nie eine Freundin gehabt.«

»Du bist doch mit Marcia gegangen, hast du mir doch selbst gesagt, und du wirst fünfzehn, und dein Vater sagt, du sollst dir den Schnurrbart rasieren.«

»Ich rasiere mir den Schnurrbart, und hier unterm Kinn muß ich auch, jeden zweiten Tag, sonst wächst es zu sehr.«

»Na ja, ich habe keinen Bart, aber ich könnte mir auch den Schnurrbart abrasieren, mein Vater läßt mich bloß nicht. Ich will aber nicht über den Schnurrbart reden! Ich will, daß du mir erzählst – und sag ja keinem, daß ich dich gefragt habe, versprichst du mir, daß du keinem was sagst?«

»Daß ich was nicht sage?«

»Was ich dich jetzt frage.«

»Ach so. Kommt darauf an, *was* du mich fragst.«

»Mensch Roquetão, bitte, sei doch nicht so doof, ich brauche Hilfe!«

»Ich habe kein Geld.«

»Nein, im Ernst, wirklich. Ich fühle mich nicht

gut. Also, nicht so richtig gut. Weil ich weiß, daß Maria Helena mit mir gehen will, und ich weiß nicht, wie ich das anstellen soll. Du bist doch mit Marcia gegangen, oder? Wie hast du das gemacht?«

»Gar nichts habe ich gemacht, ich bin nicht mit Marcia gegangen. Das hat sie alles erfunden. Denkst du, ich wäre mit Marcia gegangen, wo sie so dick ist und so behaarte Arme hat und neben dem Mund so ein schwarzes Mal?«

»Nein, also du machst Witze, du bist doch mit ihr gegangen. Ich weiß noch, wie du jeden Tag mit ihr Eis gegessen hast.«

»Hat sie bezahlt. Die hat mich immer geholt zum Eisessen. Ich habe gesagt: ›Ich habe kein Geld.‹ Und sie: ›Ich bezahl es.‹ Und dann bin ich mit.«

»Aber hat sie nicht sowas gesagt wie: Wir gehen miteinander, du bist mein Freund und so?«

»Nein, das hat sie immer allen andern erzählt, aber zu mir hat sie nie sowas gesagt. Sie hat mich gefragt, ob ich sie mag.«

»Und was hast du gesagt?«

»Daß ich sie manchmal mag und manchmal nicht. Ich lüge nicht, ich bin nicht wie du.«

»Und wie ist es zu Ende gegangen?«

»Weil ich gesagt habe, ich hätte das Eis über, und später dann, wenn sie anrief, habe ich gesagt, ich würde überlegen, ob ich Priester werden soll.«

»Du hast gesagt, du lügst nicht.«

»Tu ich auch nicht. Ich habe wirklich überlegt, ob

ich Priester lernen soll. Ich wollte es nicht, aber überlegt habe ich. Ich lüge nicht. Sieh dich vor.«

»Und hast du was mit ihr gemacht?«

»Wie, was mit ihr gemacht? Ach so, irgendwas. Ja,
irgendwas schon. Nein, habe ich nicht. Irgendwas
wie?«

»Na, ein Kuß auf den Mund oder so ... Hast du sie
umarmt?«

»Nein, aber sie mich. Auf dem Fest bei Romero, da
kam ich hin, und sie hat mich umarmt. Ja, da hat sie
mich umarmt. Richtig umarmt, mein Lieber.«

»Na und, und dann?«

»Nichts und dann. Ich war verlegen. Ich habe sie
so angesehen, schau her: so, ohne zu lächeln und
ohne ganz ernst zu sein, ich kriegte nicht den richtigen Gesichtsausdruck hin. Da wurde ich verlegen
und habe sie beiseite geschubst, und da stand ich
neben der Tischtennisplatte, und da bin ich die ganze
Zeit geblieben und habe mit Adeodato Tischtennis
gespielt, aber ich habe immer verloren, weil sie dane-
ben stand und für mich die Daumen drückte. Und
dann habe ich alles falsch gemacht.«

»Aber sie hat dich umarmt? Richtig umarmt hat
sie dich? Glaubst du, daß Maria Helena ... nein,
Maria Helena, also die hat noch keinen umarmt.«

»Vielleicht Renato.«

»So ein Quatsch, Mann, was soll denn das mit Renato, immer Renato! Ich weiß gar nicht, warum ich dich
das eigentlich alles frage, du verstehst nichts davon.«

»Natürlich versteh ich was davon. Ich bin zwar nicht mit Marcia gegangen, weil ich nicht wollte. Aber Ana Clara …«

»Ana Clara aus der dritten? Die Ana Clara mit den grünen Augen? Du lügst, Roquetão, du lügst!«

»Tu ich nicht!«

»Aber Ana Clara … wieso habe ich nie was davon erfahren?«

»Ich habe nicht gesagt, daß ich mit Ana Clara gegangen bin. Aber ich habe alles richtig gemacht. Fast alles. Sie war aber auch nicht einfach.«

»Was hast du denn getan, los, was denn?«

»Ich habe Lula gebeten, er soll sie fragen, ob sie mit mir gehen will.«

»Und? Hat Lula sie gefragt?«

»Ja. Ich habe ihm meinen Kompaß gegeben und habe in Portugiesisch den Aufsatz für ihn geschrieben. Eine Zwei hat er bekommen. Also ist er hin, und ich habe ihn beobachtet. Sie hat am Zaun vom Schulhof gestanden, und ich habe gesehen, wie sie mit dem Kopf genickt hat. Das habe ich gesehen. Dann kam er zurück und hat gesagt, daß sie will.«

»Und du bist zu ihr, nicht?«

»Nein. Jetzt wußte ich ja, daß sie wollte, aber ich wußte nicht, was weiter, und habe Lula gebeten, er soll sie fragen, wie es jetzt weitergeht. Lula wollte, daß ich ihm jeden Tag ein Stück Kuchen und eine Cola bezahle, eine Woche lang. Magst du Lula? Ich nicht. Immer ist der am Essen, ist dir das schon aufgefallen? Aber ich habe gleich ein Stück Kuchen gekauft, und er war zufrieden und ist zu ihr, er hat sie gefragt, und sie wurde böse. Lula ist hin und hat gesagt: ›Er ist informiert, und was jetzt weiter?‹«

»Warum war sie denn böse?«

»Weiß ich doch nicht. Ich weiß nur, daß sie böse war, aber ich habe mit Flavio gesprochen, der schon fast so lange in der vierten Klasse ist wie Quincas und mir noch alle Rechenaufgaben seit April schuldet und bis heute nicht bezahlt hat, und Flavio hat gesagt, ich soll zärtliche Worte an sie richten.«

»Zärtliche Worte?«

»Na, ich weiß nicht. Ich glaube, Flavio ist ziemlich dumm. Er hat gesagt, ich soll an den Zaun gehen und Ana Clara rufen und zu ihr sagen: ›Also, laß uns gleich alles besprechen, ich treffe dich an der Tür.‹ Da dachte ich, er hat recht.«

»Und hast du mit ihr geredet?«

»Nein, ich habe Lula gebeten, mit ihr zu reden. Ich habe gesagt: ›Gut, Herr Lula, eine Woche lang ein Stück Kuchen und eine Cola, die von gestern mitgerechnet.‹ – ›Nein, erst ab heute.‹ Und ich: ›Gut.‹ Ich sagte: ›Lula, du gehst zu ihr und sagst, daß ich gesagt habe, daß ich an nichts anderes mehr auf der Welt denke und ...‹«

»Was?«

»›Ich denke an nichts anderes mehr auf der Welt seit dem Tag, an dem ich dich gesehen habe.‹ Das sind zärtliche Worte, die hatte ich mir ausgedacht, weil

Flavio gesagt hatte, ich soll sagen: ›Mein Engel, warum fliegst du nicht her zu mir?‹, aber ich habe mich geniert, Lula zu bitten, sowas zu sagen. Statt dessen habe ich gesagt: ›Lula, sag ihr, daß ich an nichts anderes mehr auf dieser Welt denke und daß ich mich nach der Schule mit ihr treffe, am Tor rechts.‹«

»Ist sie gekommen?«

»Ja.«

»Und was hat sie gesagt?«

»Ach, gar nichts. Ich bin nämlich auf- und abgegangen, weil ich auf sie wartete, und sie kam mit Corinna raus. Und Corinna hielt ihre Bücher im Arm, warf mir einen Blick zu und ging ein Stück weg, und sie blieb, sie strich sich mit der Hand über ihr Haar und schaute mich an und hielt ihre Bücher fest. Da wurde ich nervös, und fast hätte ich die ganze Zeit mit Corinna geredet, die ständig vor mir hin- und herlief wie jemand, der auf die Straßenbahn wartet. Und dann mußte ich eben mit Ana Clara reden.«

»Und, was hast du gemacht?«

»Nichts. Sie war nicht einfach. Ich gehe so auf sie zu und an ihr vorbei und sage: ›Wie geht's, wie steht's?‹ Und sie: ›Gut.‹ Und ich bringe es nicht fertig stehenzubleiben und gehe bis zum Oiticica-Baum, halte an, komme zurück, gehe wieder an ihr vorbei: ›Wie geht's, wie steht's?‹ Und sie: ›Gut.‹ Dann gehe ich fast bis zur Straßenbahnhaltestelle und komme zurück, gehe an ihr vorbei und sage: ›Wie geht's, wie steht's?‹ ›Gut‹, sagt sie. Und nachdem ich so zehnmal an ihr vorbeigegangen bin, halte ich an und sage: ›Warm heute, nicht? Ich gehe jetzt nach Hause, gehst du auch da lang?‹ ›Ich wohne in Amaralina‹, sagt sie, und ich: ›Ach ja, ich wohne hier in der Barra, ganz nah, bis bald!‹ sage ich. ›Wie geht's, wie steht's?‹ ›Gut.‹ ›Bis morgen also.‹ Und ich ging die Straße zur Barra runter, und bis heute rede ich nicht mit ihr, immer wenn sie auftaucht, sehe ich weg.«

»Sieht sie dich an?«

»Weiß ich nicht, ich sehe doch weg.«

»Und hat sie mit irgendwem darüber gesprochen?«

»Sie hat zu Maria da Graça gesagt, daß ich sie lächerlich machen will, und ich habe zu Maria da Graça gesagt, sie soll ihr sagen, sie soll sich selbst nicht lächerlich machen, aber sie hat mir ausrichten lassen, *ich* soll mich nicht lächerlich machen. Ich glaube, zur Zeit verstehen wir uns nicht so gut. Aber ich bin sicher, daß ich sie eines Tages heiraten werde.«

»Wieso bist du sicher?«

»Ich bin sicher! Ich werde ihr einen Brief schreiben.«

»Ach so, einen Brief wirst du ihr schreiben. Und was willst du ihr in diesem Brief schreiben?«

»Ich habe so ein paar Sätze. An einer Stelle heißt es: ›Meine Stimme verstummt angesichts deiner Schönheit: das sagt dir derjenige, welcher nur an dich denkt. Warum den Mißverständnissen des Lebens Bedeutung schenken?‹«

»Ist dir wohl nicht peinlich, sowas zu sagen, oder

doch? Also, ich meine nicht wirklich peinlich, aber ich wäre einfach zu schüchtern. Ich weiß nicht, aber mir wäre das peinlich, dir nicht?«

»Natürlich. Das Problem ist das Gesicht, das du dabei aufsetzt. Das ganze Problem ist dein Gesicht.«

»Roquetão, glaubst du, daß Maria Helena mich mag?« fragte Geraldo, als sie in die dritte Straßenbahn stiegen, die an der Schule vorbeifuhr.

»Ich weiß nicht«, sagte Roquetão mit wirklich unerträglicher Sachlichkeit. »Frag sie doch.«

3.
Von Tränen und Abgründen
und vom großen Leid
des Pandonar

Tief, sehr tief sitzt der Schmerz eines Mannes, wenn er den natürlichen männlichen Widerwillen gegen Tränen aufgibt und angesichts der Widrigkeiten harter Schicksalsschläge das Haupt neigt und weint!« las Geraldo in dem Buch »Perlen guter Gesinnung«, das er vor langer Zeit in der Bibliothek seines Vaters gefunden hatte und seither öfter zu Rate zog, indem er einfach irgendeine Seite aufschlug. Nicht immer traf er dabei das Richtige, wie an dem Tag, als er las: »Ein schweigsamer Mann überzeugt durch seine Kraft.« Fast eine Woche sprach er darauf praktisch kein Wort, und alles, was er damit erreichte, war, daß seine Mutter meinte, er hätte Würmer, und ihm ein Abführmittel geben wollte. Geraldo lächelte stoisch durch die Tränen, die seine Augen trübten; es war eine fixe Idee seiner Mutter, daß an allem und jedem Würmer und Bandwürmer schuld sein sollten. Aber Geraldo lächelte nicht mit dem ganzen Gesicht, nur ein bißchen aus dem Mundwinkel, melancholisch, wie Robert Taylor in dem

Film, in dem er aus dem Krieg zurückkehrte und sah, daß seine Frau einen anderen geheiratet hatte. Er stand auf der Brücke, im Nebel, den Arm ausgestreckt und eine Hand um das Geländer geklammert, dann Nahaufnahme: Robert Taylor war Pandonar. Sein linker Ärmel – der leer war, seit ihm nach der Schlacht in den Ardennen, als er allein gegen ein ganzes Bataillon deutscher *Tiger*-Panzer gekämpft hatte, der Arm amputiert worden war –, sein linker Ärmel war neben einer wahren Tafel voller Orden diskret über der Brust zusammengefaltet, und er blickte mit diesem angedeuteten Lächeln seine Frau an, neben ihr die kleine Tochter, die er verlassen hatte, als sie drei Monate alt war, und der neue Mann. Nach der Schlacht, in der er den Arm verloren hatte, hatte Pandonar eingewilligt, daß man ihn für tot erklärte, damit er in geheimer Mission gegen die Nazis arbeiten konnte. Jetzt, endlich frei, wollte er lieber unerkannt bleiben, um das Leben dieser geliebten Menschen nicht zu stören. Und während eine Melodie am Horizont erklang, wandte Pandonar sich ab und tauchte in den Nebel ein, und Geraldo bekam einen neuerlichen Weinkrampf.

Vielleicht machte ihn aber auch die Platte traurig, die er aufgelegt hatte, das Lied, in dem es hieß: »Maria Helena, nur du bist meine Inspiration.« Jedes Mal, wenn Chico Alves es sang, bekam Geraldo einen dicken Knoten im Hals. Er schaute wieder in das Buch: Tief, sehr tief sitzt der Schmerz eines Mannes, der weint.

Ja, dachte er, sehr tief, und während Chico Alves seinen Gesang unterbrach für ein Klavier- und Streichersolo, begriff Geraldo, daß er furchtbar unglücklich war. Wie wahr erschien doch solche Verzweiflung! »Würd' ich morgen sterben müssen, niemand würde mich vermissen«, hieß es in einem anderen Lied. Geraldo erinnerte sich an die melancholische Stimme der Frau, die es sang, und seufzte. Er wälzte sich auf dem Sessel hin und her und dachte flüchtig daran zu beten: »Was war ich, ach, was tat ich – niemand dächte mehr an mich …«

Natürlich würden sie an ihn denken, er bräuchte nur zum Beispiel Volleyball zu spielen. Die Mädchen, die auch Volleyball spielten, wußten die Talente männlicher Volleyballspieler bestimmt zu schätzen. Wie die von Renato zum Beispiel, auf den Geraldo ungeheuer eifersüchtig war, weshalb er sich gleich noch unglücklicher fühlte. Schon begann sein Kinn wieder zu beben. Wie oft war Pandonar nicht in den letzten Tagen auf das Spielfeld gegangen und hatte in einem grandiosen Trommelfeuer alle gegnerischen Mannschaften und sogar die Amerikaner aus dem Feld geschlagen! Vor einem verblüfften, faszinierten Publikum hatte er in perfektem Englisch auf eine der Provokationen der Yankees reagiert und gerufen: *Watch out men, take care, not take, I do bad things you! Respect Brazil and our school! Ball in play!* Eine tödliche Stille hatte sich da über die Halle gelegt, und mitten hinein in die Stille schmetterte Pandonar den Ball, ein Amerikaner wollte ihn noch aufhalten, aber seine Handballen wurden von dem gewaltigen Schlag weggerissen, und er stürzte der Länge nach auf den Boden. Brasilien 15:0, 15:0, 15:0. Und später, vor dem Umkleideraum, nachdem er an allen Bewunderern mit einem einfachen »Ich bin müde« vorbeigegangen war, hatte da nicht, halb vom Schatten verborgen, diese zarte Gestalt gestanden? Noch in ihrer Volleyballkleidung, mit einem Flehen in den wunderschönen Augen, hatte Maria Helena ihm die Hand entgegengestreckt. »Ich will dich«, hatte sie gesagt, und dann, also dann – Geraldo bekam wieder einen Weinkrampf. Wenn sie nur wüßte, wie nett er war, wie sympathisch und intelligent, wenn sie wüßte, welche Zukunft vor ihm lag, die beste von der ganzen Schule, die beste von der ganzen Stadt, die beste von Brasilien und der ganzen Welt. Und sie verließen die Halle und unterhielten sich, ihr Kopf lag auf seiner Schulter. Geraldo stellte den Plattenspieler auf *repeat* und hörte: »Maria Helena, nur du!«

Statt dessen war überhaupt nichts richtig gelaufen. Das erste Briefchen schrieb er etwas übereilt. Nach dem, was Roquetão ihm erzählt hatte, dachte Geraldo, die Lösung sei ganz einfach. Es reiche ein gut geschriebener, gefühlvoller Brief. Also riß er, während David Klein-Fernando in Latein unterrichtete, denn der hörte als einziger zu, nicht etwa, weil er

Latein mochte, sondern weil er sogar vor David
Angst hatte – währenddessen also riß er eine Seite aus
seinem Heft und schrieb, besonders stolz darauf, wie
schön ihm das D und das G gelang, in großen und
kleinen Druckbuchstaben:

Vielleicht weißt Du nicht gleich, wer diesen Brief
geschrieben hat. Aber ich weiß, daß Du es weißt,
weil die Gefühle sich zeigen. Niemand kann Gefühle ignorieren, erst recht nicht zwei Wesen, die
sich lieben. Liebst Du mich? Ich liebe Dich. Ich
habe Dich so lieb, daß ich weiß, daß niemand
Dich so lieben kann. Und ich erkenne auch an
Deinem Blick, daß wir miteinander glücklich sein
werden. Weil niemand diesen Brief, den ich in
Deine Schultasche gesteckt habe, gesehen hat,
leg eine Antwort unter den Schwamm an der Tafel.

Ein Kuß von Deiner Großen Liebe.

Vielleicht war es kein besonders guter Brief, denn
als er in der Pause nach Erdkunde nach links und
rechts sah und den Schwamm aufhob, war nichts
darunter. Wie war das möglich? Nichts lag da, weder jetzt noch später, trotz allen Briefchen, die er danach noch schrieb. Geraldo mußte Roquetão um
Rat fragen, der gerade wieder an der Treppe stand.
»Ich mache einen natürlichen Magneten«, sagte
Roquetão, um zu erklären, warum er in jeder Pause

mit dem Stiel eines Messers auf die Spitze eines Eisenstücks einschlug, das er auf die magnetischen Pole der Erde gerichtet hielt. »Willst du nicht ein bißchen für mich weitermachen? Du mußt das Eisen aber in diese Richtung halten.«

»Roquetão, hör mal, hast du schon deinen Brief an Ana Clara geschickt?«

»Was für einen Brief?«

»Na, den Brief, Mann! Hast du nicht gesagt, du wolltest Ana Clara einen Brief schicken? Und daß du sie heiraten würdest, und mit diesem Brief würdest du alles richten?«

»Ja, das habe ich gesagt, aber ich hatte keinen Mut.«

»Du hattest keinen Mut? Roquetão, du hast keinen Mut?«

»Nein, Mut habe ich schon. Aber nicht dafür, weil sie nämlich immer nur hergeht und sagt, ich wäre blöd, immer geht sie nur her und sagt zu Maria da Graça, ich wäre blöd, und da hab ich mich nicht getraut.«

»Ja, aber der Brief! Du hast gesagt, in dem Brief gäbe es große Sätze. Und daß man mit solchen Sätzen jede Frau erobern kann.«

»Das habe ich nicht gesagt.«

»Doch, hast du.«

»Habe ich nicht! Ich lüge nicht!«

»Hast du doch!«

»Habe ich nicht! Ich habe gesagt, ich wäre sicher,

daß ich sie heirate, das habe ich gesagt. Bin ich immer noch. Aber den Brief werde ich nicht mehr schreiben. Hat keinen Zweck. Und außerdem gehe ich mit Maria da Graça.«

»Maria da Graça? Und du hast mir nichts davon gesagt? Du gehst mit Maria da Graça? Nichts, gar nichts hast du mir gesagt. Wirklich? Und ich, he? Und ich?«

»Du? Weiß ich nicht. Bei mir ist es jedenfalls so, daß Maria da Graça gesagt hat, sie geht mit mir, um Ana Clara zu zeigen, daß es Menschen gibt, die mich mögen. Sie ist eine Freundin.«

»Ist sie *eine* Freundin oder *deine* Freundin?«

»Sie ist *meine* Freundin, weil sie *eine* Freundin ist. Du verstehst nichts davon, du warst nie verliebt.«

»Was, ich, nie? Das ganze Jahr, den ganzen Sommer über. Das ganze Jahr, in den Sommerferien!«

»Du lügst. Maria da Graça hat mir gesagt, daß alle wissen, daß du ein Rindvieh bist. Sie hat zu mir gesagt, alle finden, daß du das größte Rindvieh von der ganzen Schule bist.«

»Ich, ein Rindvieh? Ich bin der beste Schüler in der Klasse, nach Edilberto.«

»Und nach Jacira.«

»Ja, und nach Jacira. Aber in Portugiesisch, Geschichte und Englisch bin ich der Beste.«

»Maria da Graça hat gesagt, alle finden dich so blöd, weil du immer diese Briefe an Maria Helena schreibst und bittest, sie soll dir eine Antwort unter den Schwamm legen, und alle sehen, wie du danach suchst, unter dem Schwamm.«

»Hat schon mal jemand gesehen, wie ich unter dem Schamm nachschaue?«

»Das wissen alle. Außerdem hast du einmal geschrieben: ›Such dir unter diesen den Namen aus, von dem du glaubst, daß ich es bin: Fernando, Roberio, Lula Roque, Aristides, Geraldo.‹ Das konntest nur du sein. Weil du nämlich deinen Namen ein bißchen größer geschrieben hast.«

»Aber es war doch alles in Druckschrift!«

»Ja, aber nur du kannst dieses G schreiben. Alle kennen dieses G.«

»Und wer hat allen die Briefe gezeigt?«

»Maria Helena. Wenn sie sie kriegt, kann es nur sie gewesen sein.«

Geraldo konnte nicht glauben, was er da hörte. Dann wußte die ganze Schule, daß er der Verfasser dieser Briefe war? Dann lasen alle, was er schrieb, wenn er seine Seele bloßlegte, mit verwundetem, flehendem Herzen, in der reinsten Liebe, die je einer auf dieser Welt empfunden hatte? Aber, aber … Das ganze Universum schien der Sitz der Ungerechtigkeit und des Unverständnisses zu sein, es gab nichts mehr auf dieser Welt, nicht einmal mehr den besten Freund, der ungerührt und fröhlich auf ein Stück Eisen einschlug, bevor er mit seiner Freundin Maria da Graça wegging. Also so war das? Also wußten alle etwas, nur er nicht, die ganze Welt war also eine

Verschwörung, ein Komplott? Und sogar der beste Freund, der, mit dem er über die allerintimsten, allerpersönlichsten Dinge sprach, auch er gehörte zu »den anderen« – zu denen, die immer alles wußten und alles taten. Geraldo sah Pandonar in seinem Kampfzelt, wie er den letzten Atem aushauchte unter seinen mongolischen Kriegern.

»Komm näher, Al-Glabur!« sagte Pandonar leise zu dem, der seine rechte Hand war, seinem treuesten Helfer, der zerknirscht, im Gesicht die tiefste Trauer, sich zu seinem sterbenden Anführer hinunterneigte.

»Ja«, murmelte Al-Glabur, während die anderen Anführer in beklommenem Schweigen verharrten.

»Al Glabur«, sprach Pandonar mit großer Anstrengung und hob mit Mühe seinen Kopf. »Du... du, bitte, tu ihr nichts. Sie... sie... hat keine Schuld. Ich bitte dich, mein tapferer Freund Al-Glabur, denke... denke an unsere Jagden auf den... aach!... auf den Feldern, als wir noch glücklicher waren, bevor wir gegen den grausamen Carvaleone kämpfen mußten. Ich werde jetzt... jetzt... aach... ich werde jetzt sterben und...«

»Nein!« unterbrach ihn der kühne Al-Glabur, und über sein durch viele Schlachten verhärtetes Gesicht legte sich dunkel die Trauer, daß er seinen großen Anführer in die unermeßlichen ewigen Jagdgründe der Vorfahren eingehen sah. »Nein, Pandonar! Nein! Du wirst nicht sterben! Der Großwesir hat gesagt, wenn der Mond sich hinter den Wolken versteckt, wird der

Balsam des Lebens wiederkehren. Verliere nicht den Mut, großer Völkerführer, Haupt der Mafoma, König der Hunnen, Geißel der Römer, Herold der Freiheit! Du wirst nicht sterben.«

Pandonar lächelte schwach.

»Mein guter Al-Glabur«, konnte er noch sagen. »Mein guter, geschätzter Al-Glabur, treuer Freund. Du ... aach ... versprichst du mir, daß du sie beschützen wirst gegen den Zorn des verfluchten Carvaleone?«

»Aber sie verdient es nicht, Herr.«

»Doch, Al-Glabur. Ich weiß, was du denkst, aber wir, die wir sterben werden ...«

»Nein!«

»O doch, Al-Glabur. Es hat keinen Sinn, gegen die Mächte des Bösen Schicksals anzukämpfen, das jetzt mit eiserner Hand meine Brust zupreßt. Wir ... wir, die wir ... sterben werden, wissen, daß die Welt nicht so einfach ist. Ich weiß, daß sie ...«

Da öffnete sich unter großem Tumult und »Fort, fort!«-Rufen der Vorhang, der den Eingang des großen Zeltes verdeckte, und, gefolgt von den Wachen, näherte sich Maria Helena, schluchzend und voller Verzweiflung.

»Was willst du hier?« rief der unerschrockene Al-Glabur. »Ist es nicht genug, daß du diesen großen Mann in den Ruin getrieben hast, nicht genug, daß du mit deiner Hinterlist das Reich der Söhne von Sol-Ar-An-El zerstört hast? Laß ihn in Frieden, verströme nicht noch einmal das Gift deiner Verderbtheit über jenen, der nie besiegt wurde, nur von den Göttern des Olymp!«

»Nein, nein, Al-Glabur«, unterbrach Pandonar ihn sanft. »Laß sie herkommen.«

»Oh, wie konnte ich nur?« rief sie mit tränenüberfluteten Augen und umschlang den Hals Pandonars. »Wie konnte ich nur so herzlos sein, so töricht, so gefühllos? O Gott, wenn es tausend Tode gäbe, wenn tausend Qualen vom Himmel fielen, es wäre noch immer zu wenig, um mich von meinem Verbrechen reinzuwaschen!«

»Sprich nicht so, Frau«, sagte Pandonar. »Wir alle begehen Fehler.«

»Ja, aber meine Fehler sind zu groß!«

»Ja, Frau, ich weiß. Aber das ist natürlich. Du hast immer ... aach ... immer hast du die wahre Liebe mit anderem verwechselt. Laß dich nicht unterkriegen. Schließlich warst du nicht verpflichtet, mich zu lieben.«

»Aber ich liebe dich, ich liebe dich! Ich liebe dich mehr als alles im Leben, ich kann keine Minute ohne dich leben, ich will dich umarmen, o mein Gott, wie konnte ich so töricht sein?«

»Nein, du liebst mich nicht.«

»Doch! O doch, mehr als mein eigenes Leben!«

»Das glaube ich nicht«, sagte Pandonar, und mit einem letzten Seufzer wandte er den Kopf zur Seite und starb.

»Nein! Nein! Nein!« rief Maria Helena verzweifelt, denn jetzt begriff sie vollends die Tragweite ihrer Herzlosigkeit.

Doch es war zu spät, weil Pandonar nicht mehr lebte und die Horden von Carvaleone schon hinter den Bergen auftauchten. Der Angriff stand bevor. Und Pandonar, der gestorben war, war in der Überzeugung fortgegangen, daß seine Freunde und Mitstreiter einen Wall von Körpern um die undankbare Maria Helena bilden und vergeblich gegen die übermächtigen Feinde kämpfen würden. Erst wenn der letzte der getreuen Verteidiger, nicht ohne zuvor Dutzende von Feinden zu erlegen, diese Welt verlassen hätte, würde sie Bo-Balune ausgeliefert sein, dem degenerierten Sohn von Carvaleone, der zufällig so aussah wie Renato. Über den Leichen der treuen Freunde von Pandonar würde er die schöne Prinzessin gefangennehmen und küssen mit den Zwiebelstücken, die in seinem häßlichen, stinkenden Schnurrbart hingen. Sie würde die Sklavin im Harem von Bo-Balune sein und für den Rest ihrer Tage mit der ständigen Bedrohung leben, daß der nach Ziegenböcken und Pferden stinkende Bo-Balune kommen, aus dem Mundwinkel spucken und sie in sein Zelt schleifen würde, einem Schicksal entgegen, das schlimmer war als der Tod.

Geraldo sah Roquetão fest an.

»Du hast mir nicht gesagt, daß du mit Maria da Graça gehst«, sagte er schließlich.

»Du hast mir auch nichts über die Briefe an Maria Helena gesagt.«

»Das ist was anderes. Du hattest gesagt, du würdest an Ana Clara schreiben, und ich dachte, ich könnte ebensogut an Maria Helena schreiben. Also habe ich geschrieben und Pech gehabt.«

»Aber ich habe nicht gesagt, daß du an Maria Helena schreiben sollst.«

»Nein, aber es war so, als hättest du es gesagt!«

»Das sagst du! Du sagst das! Aber wenn du willst, bitte ich Maria da Graça, sie soll mit ihr reden.«

»Nein«, sagte Geraldo sehr würdevoll und sicher, daß der einzige auf dieser Welt, der ihn mochte, er selber war. »Ich habe diese Briefe nicht geschrieben.«

»Warum gehst du nicht mit Marcia?« fragte Roquetão. »Sie hat gesagt, sie findet dich sehr nett.«

Von Schmerz und Enttäuschung gepeinigt, antwortete Geraldo nicht. Er sah Roquetão an, der noch immer mit dem Eisenstück beschäftigt war, fühlte sich von allem und allen weit entfernt und brachte nur heraus: »Ich gehe in die Kantine.«

»Guten Appetit«, sagte Roquetão freundlich, und Geraldo ging in die Kantine und fühlte sich einsamer als sich je ein Mensch gefühlt hat. Das heißt, er ging nicht in die Kantine, sondern in die Bibliothek, wo er den Blick über die großen grünen und roten Buchrücken der gebundenen Bücher schweifen ließ, die Klingel am Fenster hörte, denn es war Pause, und das Geschrei auf dem Schulhof, und er hoffte, Gott möge

Zeuge von soviel Verrat des Schicksals und des Lebens
sein, und schrieb in schöner Druckschrift, diesmal
mit einem anderen G:

Maria Helena:

Heute weiß ich nicht einmal mehr, ob Du noch
geliebt bist. Ja, geliebt, aber Du hast die Briefe,
die ich Dir geschrieben habe, allen Schülern in der
Schule gezeigt. Du hast Dich über mich lustig
gemacht. Du hast meine Liebe nicht verstanden,
die nicht die Liebe gewisser anderer ist, die
nur Deine Unschuld ausnutzen wollen. Du hast
Geraldo Martins da Conceição beschuldigt, unse-
ren Klassenkameraden, er sei der Verfasser der
Briefe. Warum Geraldo? Warum? So einfach ist
das nicht. Nur, weil Geraldo unser intelligente-
ster Klassenkamerad ist, der die größte Zukunft
von der ganzen Klasse hat? Warum? Ich weiß,
daß Du mich liebst. Warum es nicht zugeben?
Warum all das vermeiden, was uns nur Glück-
seligkeit bringen würde? Meine geliebte kleine
Leni, wenn Du nicht weißt, was Liebe ist, mußt Du
mit mir reden. Sei nicht dickköpfig, leg eine Antwort unter den Schwamm. Ein Wort reicht: ja. Und
dann können wir reden. Du bist ein kleiner Dumm-
kopf, Du kennst das Leben nicht, aber bei mir
kannst Du Dein Köpfchen an meine Schulter leh-
nen und wir werden glücklich sein, Du glaubst

gar nicht, wie glücklich wir sein werden. Ich verzeihe Dir. Mit einem Kuß von Deiner Großen Liebe. P. S. Ich erwarte Deine Antwort.

Doch als er in einem für die Pause zwischen zwei Unterrichtsstunden ungewohnt stillen Augenblick hinging, den Schwamm aufhob und wieder nichts fand, kamen vier oder fünf Jungs hinter der großen Tür des Klassenzimmers hervor und riefen:

»Schwamm-Schwamm!«

»Ach, ihr?« fragte Geraldo, weil ihm nichts Besseres einfiel.

»Schwamm-Schwamm, Liebesschwamm!« sangen sie.

»Ich habe den Schwamm nur genommen, wie wenn man ein Blatt von einem Baum aufhebt, so im Vorbeigehen«, sagte Geraldo.

»Schwamm-Schwamm!« sangen die anderen, unter denen glücklicherweise nicht Roquetão war.

Aber es lag keinerlei Antwort unter dem Schwamm, und von dem Tag an hieß Geraldo Schwamm-Schwamm-Geraldo.

4.
Wie Pandonar
gleich einem Phönix aus
der Asche auferstand

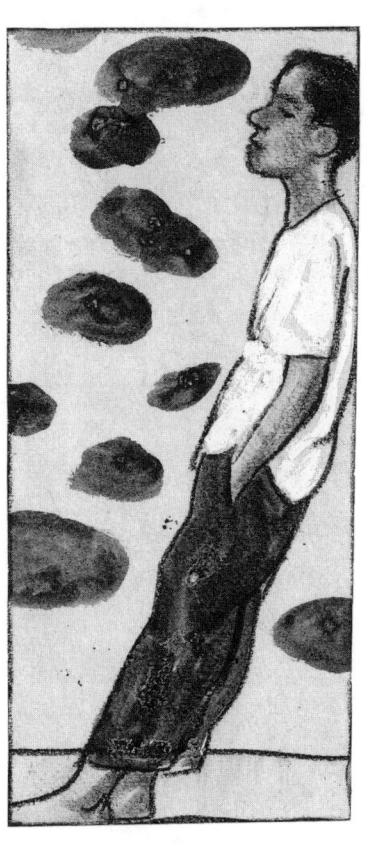

Das schlimmste an alldem war, daß er, als er es merkte, schon wieder das Kinn auf die Hand gestützt und sich ganz nach hinten umgedreht hatte, um sie anzusehen. Normalerweise würde er die Kontrolle durch Selbsthypnose nach Professor Reiszman probieren, aber er würde es nicht hinkriegen, immer »Ent-spaa-nnnen, ent-spaa-nnen« zu sagen, außerdem fand er auch die Sache mit der Hypnose und dem Magnetismus und was sonst noch alles längst nicht mehr gut. Sogar das Wörterbuch mit Woldegradus, das schon beim Buchstaben M angekommen war, hatte er liegenlassen. Ironischerweise genau bei dem Wort Mogliesc, was Frau bedeutete. Und noch grausamer war die Ironie, weil es der Buchstabe ihres Namens war.

Ob sie wußte, daß er angerufen hatte?

Ob sie etwas ahnte? Ob es schon alle wußten und ihre Blicke voller Spott und Verachtung waren? In ein Kloster einzutreten, in das Dunkel eines abgeschiedenen Lebens, vielleicht als Bruder Bäcker, vielleicht als Bruder Gärtner, die Welt zu vergessen und von ihr vergessen zu werden, ob das wirklich eine Lösung war? Nicht einmal einen Krieg gab es, in den er hätte ziehen können, er war noch gar nicht alt genug dafür. Er wagte nicht einmal, Roquetão zu fragen – der jetzt offenbar beschlossen hatte, Maria da Graça zu heiraten –, nicht, weil er Zweifel hatte, ob Roquetão etwas wußte, sondern weil er es nicht ertragen könnte zu erfahren, daß alle von dem Telefongespräch wußten.

Schuld an dem Telefongespräch waren natürlich die verfluchten Perlen guter Gesinnung, weil nämlich, als er im Sessel saß, um zu lernen, aber keinen Muskel rühren konnte, geschweige denn ein Buch öffnen, die vermaledeiten Perlen plötzlich dalagen, und, was noch schlimmer war, einfach so aufgeschlagen. »Los, los!« sagte die erste Perle, die sein Blick traf. »Folge deinem Impuls, denn das Leben ist kurz, und wir bereuen nur das, was wir nicht getan haben, als sich eine Möglichkeit dazu bot.«

»Genau das ist es«, sagte Geraldo, der nicht mehr »Maria Helena, nur du« hörte, weil er das viele Weinen einfach nicht mehr aushielt und schon Krämpfe im Kinn hatte, sondern die Mondscheinsonate, die ihn auch zum Weinen brachte, aber weniger.

Und im nächsten Augenblick nahm er mit klopfendem Herzen und zitternden Händen das Telefonbuch und suchte die Nummer ihres Vaters heraus. Er schaffte es kaum, den Finger in die Wählscheibe zu stecken, aber er wählte, und sein Herz zersprang, als er hörte, wie die Verbindung hergestellt wurde und es am anderen Ende klingelte. Und klingelte. Na schön, dachte Geraldo, also gut, niemand zu Hause, ich lege auf. Aber das Buch mit den Perlen lag auf seinem Schoß: Los! Los! Und dann war es zu spät zum Nachdenken, weil am anderen Ende jemand sprach. Eine Frauenstimme! Ihre? Die von ihrer Mutter? Oh, wie leidet ein Geschöpf in einem solchen Augenblick, der nicht lange anhält, aber länger, als ein Mensch ertragen kann! Warum hatte er sich nicht geräuspert, um mit tiefer Stimme zu sprechen? Warum hatte er vorher nicht geprobt, was er sagen sollte? Herrgott, ist sie es oder ihre Mutter?

»Einen Augenblick«, stieß Geraldo mit seiner tiefstmöglichen Stimme hervor.

Dann sah er verzweifelt wie ein Wahnsinniger an den Bücherregalen seines Vaters entlang, zerrte am Telefon und hielt es an den Lautsprecher des Plattenspielers, der gerade das Hauptthema der Mondscheinsonate spielte. Er hielt das Telefon, schweißgebadet, bis die Musik aufhörte. Und dann hatte er den Mut, den Hörer zu nehmen und die Stimme (ob es ihre war?) am anderen Ende zu fragen:

»Haben Sie gehört?«

»Ja«, sagte die Stimme.

»Dies war eine unserer zahlreichen modernen Aufnahmen mit den besten Interpreten, für Sie bei uns, bei Radiophon!« sagte Geraldo. Klick.

Ja, aber er hatte es versucht. Er hatte nicht gedacht, daß es dann so schwierig sein würde. Und jetzt? Er hatte versucht, so zu klingen wie der Sprecher im Radio, der die Werbung sprach. Es war unmöglich, daß sie Bescheid wußten, einfach unmöglich! Aber es war auch unmöglich, daß man irgend jemandem auf dieser Welt noch vertrauen konnte. Trotzdem war in der Beziehung zwischen ihm und Roquetão, die mehr seinetwegen als wegen Roquetão etwas gespannt war, eine neuerliche Annäherung nötig.

»Roquetão, alles okay?«

»Ja. Und bei dir? Du bist schon lange nicht mehr an die Treppe gekommen.«

»Ach so, nein, ich mache da so eine Arbeit in der Bibliothek.«

»Und du bist böse wegen der Sache mit Maria Helena, nicht?«

»Ja, bin ich. Ja, bin ich, bin ich, bin ich! Maria Helena? Welche Sache mit Maria Helena?«

»Die Sache mit den Briefen. Die Briefe, die sie allen gezeigt hat. Das mit dem Schwamm.«

»Nenn mich nicht so!«

»Und hast du mich nicht Spinner genannt?«

»Ja, aber warum hast du gefragt, ob ich böse bin wegen der Sache mit Maria Helena? Das ist alles schon lange her, sehr lange, und außerdem habe ich die Briefe nicht geschrieben. Ich schreibe weder Briefe, noch telefoniere ich. Übrigens, wie geht es Maria da Graça?«

»Gut. Ich glaube, es geht ihr gut.«

»Was heißt, du glaubst? Gehst du nicht mehr mit ihr?«

»Doch. Wir sind befreundet. Es ist nur, weil sie böse war, als ich gesagt habe, ich gehe mit ihr, aber ich würde Ana Clara heiraten. Dabei hatten wir das so ausgemacht!«

»Und was hat sie gesagt?«

»Gar nichts. Sie hat das Gesicht verzogen und ist weggelaufen. Und seitdem verzieht sie jedes Mal, wenn ich mit ihr rede, das Gesicht und läuft weg. Aber dann bleibt sie auf halbem Weg stehen. Ich glaube, sie will, daß ich mit ihr rede, aber ich habe es noch nicht fertiggebracht. Tu ich aber noch. Ich werde sie anrufen. Habe ich nur noch nicht, aus demselben Grund wie du.«

»Wieso?«

»Na ja. Du hast doch bei Maria Helena angerufen, und da hat das Hausmädchen abgenommen, und du hast eine Platte gespielt und von den Radiolar-Läden gesprochen.«

»Radiophon!«

»Dann eben Radiophon. Du hast von den Radiophon-Läden gesprochen und ...«

»Wer hat denn gesagt, daß ich das war?«

»Maria Helena. Maria Helena hat gesagt, wenn jemand anruft, ohne zu sagen, wer er ist, dann bist du das. Das wissen alle. Also rufe ich nicht bei Maria da Graça an, weil ich Angst habe, daß das Hausmädchen abnimmt und ihr Vater nicht erlaubt, daß sie einen Freund hat, und vielleicht das Hausmädchen alles erzählt und alles schiefläuft.«

Und so kam es, daß Pandonar, der beschlossen hatte, nie wieder eine Frau ernstzunehmen, seine Schwester zum »Ball des Frühlingsmädchens« begleitete. Er begleitete die Schwester, weil er schließlich ihr Bruder war und vor allem, weil sein Vater gesagt hatte, das wäre seine Pflicht, und der Vater ließ in solchen Dingen nicht mit sich diskutieren. Da saß er also, mit einer Pistole in der Tasche, bereit, in einer Pokerrunde sein Leben einzusetzen. An dem Tisch, den sein Vater für ihn reserviert hatte, mit all diesen häßlichen Mädchen, die mit seiner Schwester befreundet waren, wurde kein Alkohol serviert. Pandonar hatte aber schon vier Gläser Whisky ohne Eis getrunken. Geraldo sagte zu den Mädchen, als wäre es das Selbstverständlichste von der Welt, daß er sich einen Drink genehmigen würde. Pandonar sah sich um und steckte die Daumen in den Gürtel. Geraldo hielt vor der Bartheke und hoffte, daß niemand ihn sah, weil er nicht nur keinen Mut hatte zu trinken, sondern auch kein Geld, denn sein Vater, der noch arbeitete, kam erst später. Pandonar dachte, was für eine dumme Frau doch die Prinzessin Maria Helena war. Er sah sich um und fühlte sich sehr allein. Pandonar nickte, und eine der schönsten Frauen auf dem Fest erhob sich, um einen Walzer mit ihm zu tanzen; alle anderen Tänzer traten zurück. Geraldo überlegte, wie man wohl Bolero tanzte und daß er nicht wußte, wie man Bolero tanzte, und daß er weder Bolero noch sonst irgend etwas tanzen konnte und auch nicht tanzen würde. Pandonar streckte den Arm aus, und eine Gestalt fiel ihm in den Arm, aber es war nicht die Gestalt von Maria Helena, es war einfach eine Gestalt, etwas, was tanzte. Geraldo sah geradeaus und erblickte Maria da Graça.

»Wie geht's?« fragte er.

»Gut. Und dir?« sagte sie.

»Gut. Wie geht es deinem Freund?«

»Welchem Freund?«

»Na, Roquetão!«

»Ach so. Roquetão ist nicht mein Freund. Und er ist nicht zum Fest gekommen.«

»Ach so, ich dachte.«

»Er wird Ana Clara heiraten.«

»Das hat er mir gesagt. Er hat gesagt, du wärst böse gewesen, weil er gesagt hat, er wird Ana Clara heiraten.«

»Ach was.«

Und Geraldo wußte schon nicht mehr, welches Gesicht er aufsetzen und worüber er noch reden sollte, als eine Tanzlehrerin, eine von diesen Alten, die einem immer sagen, man solle tanzen, und die allen ein Graus sind, unbemerkt von hinten herantrat.

»Und ihr beiden, was steht ihr da herum?« sagte sie.

Und sie hob doch tatsächlich Geraldos Arm, damit

er Maria da Graça auf die Tanzfläche führte. »Ich kann nicht tanzen«, sagte Geraldo, nicht ganz so erschrocken, wie er gedacht hatte. »Ich auch nicht«, sagte Maria da Graça.

Pandonar umfaßte das Mädchen an der Taille und wirbelte durch den Saal wie ein richtiger Wirbelwind. Ein grausames Lächeln trat auf seine Lippen, während er an all die anderen, früheren Frauen dachte, die jetzt neidisch seinem Tanz zusahen. Gleich nach dieser Galavorstellung würde die Kosakentruppe angreifen, dann wüßten alle, daß der tanzende Adlige in Wahrheit Pandonar, der Prinz von Sibirien, war!

»Maria da Graça«, sagte Geraldo, ohne zu glauben, was er sich sagen hörte, und ohne an den nächsten Bolero-Schritt zu denken, »weißt du, daß ich in dich verliebt bin?«

João Ubaldo Ribeiro, geboren 1940, zählt zu den großen latein-
amerikanischen Autoren der Gegenwart. In Deutschland
wurde er vor allem durch seinen Roman ›Brasilien, Brasilien‹
bekannt. João Ubaldo Ribeiro hat bisher zwei Bücher für Kinder und Jugendliche geschrieben. Das erste war der ›Pandonar‹,
für den er in Brasilien zwei Literaturpreise erhielt. Sein zweites
Kinderbuch wird ebenfalls bei Hanser erscheinen.

In gleicher Ausstattung liegt vor:

Amos Oz
Sumchi – Eine wahre Geschichte
über Liebe und Abenteuer
Mit Bildern von Quint Buchholz
96 Seiten
ISBN 3-446-17391-9

»Einmal bekam ich ein Fahrrad geschenkt und tauschte es gegen eine Eisenbahn, für die ich einen Hund bekam, an dessen Stelle ich dann einen Spitzer fand, den ich gegen Liebe hergab. Doch auch das ist nicht die volle Wahrheit, denn die Liebe gab es die ganze Zeit, schon bevor ich meinen Spitzer herschenkte...«

Eine Hans-im-Glück- und eine Liebesgeschichte, eine Geschichte von der Sehnsucht (nach dem Land Ubangi-Schari tief in Afrika) und vom Erwachsenwerden, ein Buch für Kinder, aber längst nicht nur – und vielleicht das persönlichste des Friedenspreisträgers des Deutschen Buchhandels.

Von der ZEIT und Radio Bremen ausgezeichnet mit dem »Luchs«

In gleicher Ausstattung liegt vor:

Jostein Gaarder
Sofies Welt
Roman über die Geschichte der Philosophie
616 Seiten
ISBN 3-446-17347-1

Ein Roman über zwei ungleiche Mädchen und einen geheimnis-
vollen Briefeschreiber, ein Kriminal- und Abenteuerroman des
Denkens, ein gescheites, geistreiches, witziges Buch, ein großes
Lesevergnügen – und zu allem eine Geschichte der Philosophie
von den Anfängen bis zur Gegenwart.

*»Ein dickes Buch mit spitzen Fingern angefaßt und mit Begeiste-
rung und Beifall zugeklappt: Ein großer Wurf im wörtlichen
und im übertragenen Sinn. Gaarders Buch ist eine einmalige
Chance für alle, die endlich einmal erfahren wollen, was das
›Ding an sich‹ ist. Selten hat man einem Buch soviel Erfolg ge-
wünscht.«* DIE ZEIT

*Von der ZEIT und Radio Bremen ausgezeichnet mit dem
»Luchs«*

Deutscher Jugendliteraturpreis 1994